Omar, el jaguar

Andrea L. Olatunji

Cuentacuento Books

Para Nahuel, mi jaguar favorito y mi inspiración.

A Lucía, Ignacio, Emma, Federica, Antonia, y Francesca

que me recuerdan cada día que la magia existe.

A Antonia y Gerónimo, sobrinos que me regaló la vida.

A.O.

For Nahuel, my favorite jaguar and my inspiration.

To Lucía, Ignacio, Federica, Antonia, and Francesca

who remind me each day that magic exists.

To Antonia and Gerónimo, a gift that life gave me.

A.O.

Una mañana, Omar el jaguar salió a caminar.

One morning, Omar the jaguar went out for a walk.

—Ya no quiero estar solo —lloraba.

—¡No tengo con quién jugar!

—I don't want to be alone anymore! —he cried.

—I have no friends to play with.

Un oso dormilón acababa de despertar:

—¡Buenos días Omar!—le dijo. —¿Quieres jugar?

A sleepy sloth was just waking up:

—Good morning Omar! —he said. —Do you want to play?

¡Grr!—gruño Omar—. ¿Jugar?

¡Contigo no puedo jugar!

Tú te mueves muy lento; ¡no me puedes alcanzar!

—Grr! —Omar grunted. —Play? I can't play with you!

You move too slowly! How are you going to catch me?

Un tucán que por ahí volaba se acercó a saludar:

—¡Buenas tardes Omar! ¿Quieres jugar?

A toucan that was flying around approached him to say hi:

—Good afternoon, Omar! Do you want to play?

¡Grrr!—gruño Omar—, ¿Jugar? ¡Contigo no puedo jugar!
Tu pico es muy grande; ¡me vas a hacer tropezar!

—Grr! —Omar grunted. —Play? I can't play with you!
—Your beak is too large! You are going to make me fall!

Caía la noche cuando se asomó una anaconda.

—Pss…¡Buenas noches Omar! —Lo sorprendió la gran serpiente—, ¿Quieres jugar?

Night was falling when an anaconda sneaked in.

— Pss… Good evening Omar! —the big snake surprised him. —Do you want to play?

¡Grrr!—gruñó Omar—, ¿Jugar? ¡Contigo no puedo jugar!
No tienes patas; ¿cómo vamos a saltar?

—Grr! —Omar grunted. —Play? I can't play with you!
— You have no legs! How are we going to jump?

A Omar le gustaba la noche para caminar y pensar.

—¿Cómo hago?—Se preguntaba—.

Necesito encontrar amigos como yo para poder disfrutar.

Omar liked to wander and think at night.

—How can I do it? —he wondered.

I need to find friends like me so we can have fun.

De repente, Omar paró y comenzó a recordar
que cuando era muy pequeño muchos árboles solía trepar
con anacondas, dormilones y tucanes que jugaban sin parar.

Suddenly, Omar stopped and he began to remember
that when he was just a little cub he used to climb many trees
with anacondas, sloths and toucans that played non-stop.

—¡Ya no quedan tantos árboles! —Observó—
¡Nos tenemos que ayudar! Si los árboles desaparecen,
ya no podremos jugar.

—There are not so many trees left! —he observed.
—we need to help each other! If the trees disappear,
we won't be able to play here any more!

—Aunque seamos diferentes, éste es nuestro hogar. Tenemos que estar juntos para poderlo cuidar y con nuestras diferencias poderlo mejorar.

Así Omar aprendió a sus amigos valorar.
Ser diferente es divertido a la hora de jugar.

—*Even though we are different, this is our home. We have to be together to be able to take care of it and with our differences, make it better.*

And that's how Omar learned to value his friends.
Being different is fun when it's time to play.

Nota sobre el jaguar

El jaguar es no de los animales más inteligentes. Es el felino más grande de Sudamérica y el tercero más grande del mundo, luego del tigre y el león. Es el único felino del género *Panthera* que habita en América. Puede correr muy rápido, puede trepar árboles, y a diferencia de otros felinos, es un gran nadador.

Al nacer, los jaguares son casi ciegos pero luego desarrollan una gran visión. El jaguar se consideró como un animal sagrado en muchas de las sociedades prehispánicas.

El hábitat favorito del jaguar es la selva tropical.

Lamentablemente, debido a la deforestación y a la caza furtiva, esta especie está casi en peligro de extinción.

Adaptado de: www.bioenciclopedia.com

About the jaguar

The jaguar is one of the most intelligent animals. It is the biggest feline in South America and the third biggest one in the world after the tiger and the lion. It is the only feline of the *Panthera* category that lives in the Américas. It can run very fast, climb trees, and unlike other felines, it is a great swimmer.

At birth, jaguars are almost blind but they develop a great vision later in life. The jaguar was considered a sacred animal in many of the pre-hispanic societies. Its favorite habitat is the tropical rainforest.

Unfortunately, due to deforestation and hunting, this species is almost in danger of extinction.

Adapted from: www.bioenciclopedia.com

Andrea López Olatunji

Nació en Montevideo, Uruguay. Durante más de veinte años, ha enseñado el español como segunda lengua y posee una gran pasión por la misma así como por la cultura hispana.

Este es su primer libro y el primero en una serie donde se destacan animales autóctonos de las américas.

Hoy vive en Nueva Orleans con su esposo Anane y su hijo Nahuel cuyo nombre en lengua mapuche significa *jaguar*.

She was born in Montevideo, Uruguay. For more than twenty years, Andrea taught Spanish as a second language and she is very passionate about it as well as about the Hispanic culture.

This is her first book and the first in a series that features animals that are native to the Americas.

Today she lives in New Orleans with her husband Anane and her son Nahuel whose name in Mapuche language means jaguar.

www.ingramcontent.com/pod-product-compliance
Lightning Source LLC
Chambersburg PA
CBHW041005170626

46815CB00002B/168